詩集

躯の中の環球

菊池一隆

［表紙の写真］

南アフリカのモーセル・ベイ（Mossel Bay）

ベルサイユ宮殿の片隅で煙草を吸う俺

目次

第一編　アジア

野原 …… 2
福島からの出発、そして福島 …… 日本 3
過去・未来列車 …… 日本 7
異常気象 …… 日本 10
津波 …… 日本・宮城県閖上 12
原点—宮司菊池敏を追悼す— …… 日本・宮城県角田 16
台北駅 …… 台湾・台北 18
二二八平和公園 …… 台湾・台北 20
ホロホロ鳥 …… 台湾・台北 24
縄張り …… 台北の中央研究院 28

フィリピン貧民街……フィリピン・マニラ　30

第二編　欧州

暴力バー……フランス・パリ　34
枯葉降り積む車に……フランス・リヨン　36
ハートフラワー……ハンガリー　38
アウシュビッツ……ポーランド　41
リバプール……イギリス　44
孤独な鳩……ロシア・ウラジオストク　47
ソ連の勇士、今いずこ……ロシア・ウラジオストク　49
燕……ロシア・ユジノサハリンスク　51
レーニン……ロシア・ユジノサハリンスク　54
回る道……ロシア・ユジノサハリンスク　56

第三編　南北アメリカ

地球の裏という表……コスタリカ・サンホセ　60
言の葉……コスタリカ・サンホセ　62
コスタリカ……コスタリカの海岸　64
海の見える停車場の老人……ハワイ・ホノルル　67
雀のような小鳩……ハワイ・ホノルル　70
孤独な女……ハワイ・ホノルル　72
バンクーバー……カナダ・バンクーバー　74
ナイヤガラ瀑布……カナダ　77
海の雷鳴……キューバ・ハバナ　79
カリブ海……キューバ　83
ああ！　ゲバラ……キューバ　84

第四編　アフリカ

朝なき夜を夜へ……南アフリカ・ケープタウン　90
南アフリカの早春……南アフリカ・プレトリア　92
DANGEROUS AREA！……南アフリカ・ヨハネスブルグ　94
ダンケ　ニヤボンガ……ダーバン↓イーストロンドン　96
おお！　魂のアフリカ……南アフリカ・ケープタウン　97

第五編　エピローグ—愛しき地球—

地球が割れる—忘却の日本国民に捧げる唄—……102
地球を墓標に……109
躯の中の環球……112

後記……116
著者紹介……121

第一編　アジア

野　原

福島のほんの一角
赤トンボがポッリと生まれ
赤トンボが白爪草にとまっている
白爪草から小さな小さな野原がポッリと生まれ
ぽつりと生まれた赤トンボが空を切り
また白爪草にとまって風に吹かれている

福島からの出発、そして福島

福島市の真ん中に浮かぶ信夫山
道なき道を歩むと幻の神社
杉の木立を無数の青筋アゲハが乱舞す
幻想の霧を開くと
松に覆われた山に巨岩
烏ガ崎に少年は突っ立つ
頂上の岩の上に佇む頬に吹き上がる松風
松林の中から
チッチ、チッチ、チッチ、チッチ、チッチ………

小さな小さな蝉※
蝦夷チッチ蝉
眼下には小さな可愛い福島盆地と家並み
向こうに見えるが弁天山
こちらに見えるが小さなこんもりした「いっぱい森」
その後ろには吾妻小富士

カラカラと遡る時代の映写機
フィルムに次々と映し出す思念の中の各場面
信夫山第一展望台
幼稚園の遠足
幼い友だちの笑い声が響き

教師や父母たちの朗らかな会話
今も蘇る甘酸っぱい思考に
投網の如く投げかけられる放射線
天に向かって暴れる草々
怒るが如きに渦巻く松の木々
脳裏に突然浮かぶはゴッホの向日葵
あれは生命を謳う芸術だ
眼前には不気味な醜態

美しい古里をボロボロにしたのは誰だ
古里を核のゴミ箱にしたのはどこのどいつだ
福島に原発を造るな

「安全」というなら東京湾に原発を造れ
首相官邸に原発を造れ
国会議事堂の前に原発を造れ
「安全神話」を撒き散らす政治家の家の前に造れ

（日本）

※二センチ足らずの小さな蝉で、ヒグラシ、ツクツボウシ、ニーニー蝉よりずっと小さく、おそらく日本最小の蝉と思われる。チッチ蝉にはチッチ蝉と蝦夷チッチ蝉の二種があり、信夫山の蝉は蝦夷チッチ蝉である。

過去・未来列車

風は木々に囁き
木々は風に囁く
風と木々が俺に囁く
錆び付いたレールは真っすぐに
淡い空に漂う純白の雲の中に伸び
そのレールの両脇には
丸い幾つもの雨露を身にまとったアザミ
清楚な紫の花をつける
ああ、俺の魂は過去へ過去へと遡り始め

カラー写真は
白黒写真へと変わっていく
幾つもの幾つもの懐かしい人々の笑い
何という暖かさだ

トンネルを抜けると
さあ折り返しだ
疾駆し始めた未来への列車
唐松林が消えると
椴松林が出現し
ふと蝦夷松林に変わる

ああ雪の世界に戻れる
雪をかぶった蒸気機関車
生命の雄叫びをあげ
激しい白煙を天空に吹き出す

（日本）

異常気象

日本の空が小豆色に染め上げられ
稲妻が轟き、鋭角の光で切り込む
黒雲が盛り上がり
うねり
下へ下へと下り始め
ビルを飲み込み
人々を飲み込み
光を飲み込み
一切の視界は途切れた

聞こえるは野獣のうなり声
叩きつける無数の雨音
始まった異常と日常の連結
人間を嘲笑する自然の反撃

（日本）

津波

友よ！
一瞬の錯覚の下で街が消えていく
街が深海の底に沈む
あの穏やかな海はどこにいったのか
安らかな会話
押し寄せる白い波洗う
熱い砂がザクザクと心地よく足に響く
あの砂浜
友の家の二階での徹夜の議論

窓から差し込む朝焼けの畳に転がる一升瓶
あれは一瞬の幻だったのか

友よ！
家並みが海に引きずり込まれ
友の二階建ての家は海に消え
穏やかな笑い顔
豪快な語らいが
海に引き入れられ
必死に逃げまどう人々
車が波に飲まれ回転し
恐怖の底で生者が死者に変貌していく

友よ！
おまえは東京のバーやクラブでよく演歌を歌った
「生きてさえいれば、必ず会える………」
大きな体で渋い美声だった
俺が大分での初就職が決まり
東京を離れる時
おまえはこの歌を歌った
別れ際、強く握手した
そうだ、生きてさえいれば、必ず会える
海育ちのおまえは水泳を自慢した
十キロでも二十キロでも三十キロでも
泳ぎ切れるはずだ

津波の海でも泳ぎ切れ
俺の前に生還せよ
豪放な笑いを俺に伝えよ

（日本・宮城県閖上）

原　点――宮司菊池敏を追悼す――

「方円の器に随うこともなく
　　　　吾は死ぬまで流れゆく水」（菊池敏）

生まれた瞬間から知っていた
いいや、生まれる前から知っていた
兄貴のような叔父が眠るように死んだ
喧噪の中
静かな生と死の狭間の空白に飲まれるように
雪降らぬ好天
俺の心の中を雪が無数によぎっていく
神社の林立する杉木立むせび泣く

大型バイクにサングラス
後の席には美佐子叔母
エンジンの音を響かせる

強気と純情と傲慢と優しさと
大胆さと繊細さを
寂しがり屋と誇りと………
神社の天井に描かれた八方睨みの龍
梅の花、寒風残る中で春を告げる
凛とした声での祈祷が響く
それも消えた

（日本・宮城県角田）

台北駅

ホテルの部屋の大鏡
大鏡の中の二十五歳の僕が
六十三歳の俺になって笑っている
「おまえも歳をとったな」
黒髪の中に白髪も明確な位置を占め
瞼も下がり目も小さくなった
窓から階下を見ると走り回る車の波
車の波の中をミツバチ集団が突進していく

ああビルが増えた

眼前には改装された台北駅
愛らしい多くの小さな食堂街の喧噪が消えた
軒を並べていた安ホテルが消えた
土埃の道が消えて舗装された高速道路

ああ遙かな三十八年前の台北駅
初めての海外旅行
大阪南港から貨物船で基隆港に着き
揺れながらゆっくり走る台北への列車
気負いと興奮と若さと
人間くさい台北の雑踏
思念の中に消えた

（台湾・台北）

二二八平和公園

耳をすますと
怒りと悲鳴が公園の隅々から聞こえてくる
二十五歳の僕がホテルを見つけられず
一夜をあかしたベンチ
台北中央公園
起きあがってベンチに坐ると
沢山の雀
饅頭の屑を与える
色とりどりの小鳥も囀り

舞い来たり

あの時、見知らぬ老婦人が私の脇に坐り
数冊の古びたノート
「私の日記あげる。この事実を書きなさい。
　あなた、歴史を学ぶ日本人の大学院生でしょう」
老婦人の真剣な眼差し
「事件のことを私が書いた日記、日本に持っていって
　国民党の理不尽さを書きなさい」
「これは、人類にとって大切な問題」
老婦人がノートを差し出し
僕の手を強く握った

あの時、困惑しながら拒絶した
僕の能力では「無理」、と

今、六十歳代の私が陽光の中
ベンチに独り座り
パンくずを雀に与える
山のような雀、舞い来たり
緑や赤や黒や
色とりどりの大小の小鳥
舞い来たり
三八年前の緑の公園
受け取らなかった日記

脳裏に鮮明に復活する老婦人の真剣な眼差し

（台湾・台北）

※二二八事件とは、一九四七年闇煙草を売っていた老婆が煙草を取り上げられた上、警官に殴りたおされた。それを契機に蔣介石・国民党政権の強圧的なやり方、汚職、腐敗に不満を持っていた台湾民衆が台湾全土で立ち上がった。その結果、「二万人以上」とも言われる台湾民衆が殺害された。

ホロホロ鳥

公園が目覚める朝
ベンチで寝ていた人々が起きあがり
気怠そうに歩き始める朝
老人たちが孤独を背負い
太極拳を舞い始める
南国の原色の光の中で
ホロホロ鳥の淋しげな鳴き声
樹木を見上げると原色の太陽
葉陰からこぼれる

見つめても見つめても見えぬ葉色の小鳥
曲線的な濃緑の樹々
こちらの樹でもホロホロホロ………
　　　　　　ホロホロホロ…………
彼方の樹でもホロホロホロ………
　　　　　　ホロホロホロ…………
向こうの樹でもホロホロホロ………
　　　　　　ホロホロホロ…………
人生を歌うホロホロホロ………
　　　　　　ホロホロホロ…………

足下にリスも雀も戯れ遊ぶ
南国の極彩色の蝶が私の周りを舞い始めた
見つめても見つめても見えぬ小鳥が鳴き続く
ホロホロホロ………ホロホロホロ………
ホロホロホロ………

現実という夢の世界で
死と生の狭間の幻想世界で血の涙を流す
ホロホロホロ………ホロホロホロ………
ホロホロホロ………

急速に眼前に拡がる南洋戦線のジャングル
満身創痍の飢餓の底
銃が重い

敗残日本兵を泣かせたホロホロ鳥が鳴き続く
俺を涙ぐませるホロホロ鳥が鳴き続く
ホロホロホロ………ホロホロホロ………
ホロホロホロ………

（台湾・台北）

縄張り

中央研究院を流れる河の中
縞模様の平らな魚が群がり
大きな口を尖らし
川底の砂に円形の縄張りを造る
双方の魚が口をパクパク絶叫する
「固有の領土」「固有の領土」

他の魚が侵入すると
尖った口で追い回す
「固有の領土」「固有の領土」

その瞬間
他の魚が侵入し
戻ってきた魚が
尖った口で追い回す
「固有の領土」「固有の領土」

侵入し
魚が追い回し
魚が追い回され
魚が追い回し
魚が追い回され
果てなく続く川底の戦い

（台北の中央研究院）

フィリピン貧民街

中華街での現地調査
迷い込んだスラム街
危険地帯！
山積する塵の山
悪臭放つ下水道
連なる襤褸屋
夕闇が辺りを次第に覆い
焦れども焦れども出口が見えない
屈託なく笑う五、六人の子供たち

バスストップはどこ？
身振り手振りの会話
鼻水でネバネバした小さな温かい手
俺の手を引いて子供の集団が十数人に膨らみ動く
子供の流れに吸い込まれて歩む
バスストップに着くと
手を振る子供たち
俺はタガログ語が話せない

アリガトウ！
Thank you very much !
謝謝！

（フィリピン・マニラ）

第二編　欧州

暴力バー

呼び止められるまま
立ち寄った薄暗いシアター
目つきの鋭い支配人
バーテンダーやボーイ数人が怪しげにうごめく
何人かの女たち
隣に座ったのは
パンチパーマのセネガル娘
その隣が色白で金髪のポーランド娘
朗らかな黒い肌のセネガル娘

赤、黄、青に点滅する舞台

I would you like to dance for you !

モンマルトルで一杯のブランデー

十三万円は高すぎるぜ！

（フランス・パリ）

枯葉降り積む車に

古ぼけた高級車
リヨン大学非常勤講師の日本人
車内の座席に降り積む枯れ葉
カーラジオからはシャンソン
眼を上げると
錆び付きぽっかりと開いた穴から
吹き出された白雲漂う淡い空
日本の学生運動が沈滞すると
流れついたリヨンで教鞭をとる

古ぼけた高級車
歴史を刻むキリスト教会
丘から見える高い建物ないリヨンの街
絹織物で栄えた街
東西交渉
この片隅で百年前の中国人留学生たち
滅亡に瀕する中国をいかに救うか
激論の熱気の余韻がかすかに残る

（フランス・リヨン）

ハートフラワー

ブダペストから
列車がゆっくり揺れながら走り出した
日本人が知らない小さな街
少女が住んでいたカポスバー
赤や白や黄色の花が溢れる小さな小さな街
駅から貨物列車が走り出した
四十五年も前、中高生の僕への手紙が運ばれ
船が幾つも海を渡り
一ヵ月もかかり、福島の僕の家に届いた
魔法使いの綺麗な切手の魔法

封を切ると
手紙の間からハートフラワー

バラトン湖畔
ピンクの可憐なハートフラワーが咲くと言う
世界平和を生み出す不思議な花一輪
少年時代にハンガリーの少女からもらった
ハートフラワーの押し花
ハンガリー動乱とは何か？
社会主義とは何か？
少女が困る知らずに投げかけた問いかけ
一生懸命の返信

俺はその花を見つけるためカポスバーから
古びた二両列車に飛び乗った
停まったり走ったり
花咲き乱れる中を
走ったり停まったり
またユックリ走り出し
大きな浅いバラトン湖に着いた
残照に輝く湖
小さく小さく人々の影浮かぶ
探せども歩けども探せども見つからぬ
湖畔に咲くという幻のハートフラワー

（ハンガリー）

アウシュビッツ

小学校五年生の時、読んだ『夜と霧』
衝撃と息苦しさと悲しさと………
眠れぬ恐怖と人間の狂気
僕と一体化するガス室の子供たちの悲鳴
学校でも家でも歩いている時も
遊んでいる時も
頭から離れぬ戦争と強制収容所

あれからどれほどの歳月が流れたのだろう
俺はアウシュビッツに佇んでいる

残虐の過去と現在に対峙す
多くの義足、多くの眼鏡
人の脂から造った石鹸………
遺灰が無念の涙を流し続ける
懸命な風化への抵抗

イスラエル国旗をまとった高校生集団
彼らの目にどのように映るのか
自らの民族が虐殺された惨劇の跡
未来を見つめる「平和」と中東紛争の現実
俺は歴史家
西のアウシュビッツ、東の南京大虐殺の連動

「過去を見つめよ！」

「現在を見つめよ！」

「未来を見つめよ！」

見上げると、淡い空に細い白雲

（ポーランド）

リバプール

英国華僑の史料調査に来たリバプール
ビートルズの何十周年記念とか
街中、至るところで“Let it be”や“YESTERDAY”
メロディーが大きく小さく流れ
世界中のいろいろな顔をした
いろいろな髪の色した娘たち
街のあちこちに溢れ
泊まるホテルもなく
歩き回る

ベンチに坐りこむ俺に
細い雨が降ってきた
幾つもの小さな船
埠頭も海も雨にうたれている

この街であの四人は生まれたのか
その必然性は何か
「やはりジョン・レノンが一番良かったな」などと
取り留めなく考えてみても
雨は止む気配もなく
そういえば中学時代からの親友に絵はがきを書けば
あいつはビートルズ好きだから喜ぶだろう

と考えてみても
雨は降り続け
夕暮れになり
髪も服も濡れながら
今、リバプールにいる不思議

（イギリス）

孤独な鳩

曇天の下
仲間からはずれて
所在なく土手に佇み
灰色のオホーツク海を
見つめる黒い鳩
新しいビルディング群の間に
古いビルディングと錆び付いた
クレーン車が
風景に貼り付く

黒雲が増殖し渦巻き
鋭い雨が地表をたたき始めた
餌をねだった多くの鳩が
一斉に飛び立ち
停泊する数隻の軍艦に向かって
小さくなっていった
黒雲が海まで垂れ下がり
黒い海も空を浸食する
その狭間にかすかな息づかい
小さな命が黒雲と黒い海を凝視す

（ロシア・ウラジオストク）

ソ連の勇士、今いずこ

ひび割れた広場
歪んだタイルに雨水が溜まり
視線をあげると
ソ連時代の勇士の黒い像が
突っ立つ
盛り上がる黒光りする筋肉に
小銃を握りしめ
前傾姿勢の凝視する先は何か

足下には
割れたビール瓶の欠片が鈍く光り
散乱するタバコの吸い殻には口紅の残痕
老人の物乞いが足を投げ出し
人々の靴音のみを見つめ
松葉杖をつく若い女が空き缶を持ち
虚脱した視線を空に走らす
襤褸をまとう幼子
革命未だ終わらず！

（ロシア・ウラジオストク）

燕

ピュルルピュルピュルルー
ピュルピュルピュルー

見上げると
無数の燕が白夜を切り裂き
古びた木造の家屋の間を
直線を描く
俺の手をかすめるように
天空へと舞い上がる

夕焼けに染まる天井を
螺旋状に飛翔していく燕

これほど多くの燕を見たのはいつだろう
そうだ、俺の幼い頃
田圃に沢山の燕が滑空していた
日本の郷愁の彼方に消えた燕の乱舞

日本時代の残骸
王子製紙の巨大な煙突
投げ捨てられ朽ち果てた自動車
錆びた臭い

廃墟となった工場の窓という窓から
燕は吹き出され
空に吸収されていく
天空を無数の燕の滑走

（ロシア・ユジノサハリンスク）

レーニン

ユジノサハリンスクの広場に立っている
巨大なレーニン
今も
大きな頭の上で
二羽の鳩が遊ぶ
背後に回ると巨体が歩き始めた

色とりどりの花壇の間
緑に覆われた木々の間

脚の長い透明な肌の娘たちが
異国の言葉で
楽しげに歩いている
老婆が鳩に餌をまき
無数の羽音がレーニン広場を覆う時
タバコに火をつけると
紫煙の中にレーニンが歩き
革命と現在が交錯す

（ロシア・ユジノサハリンスク）

回る道

歩く俺の影
歩いても歩いても同じビルディング
ビルの間に紅い花咲き乱れる花壇
ロシア語の読めない看板
金髪の娘たちが
異国の言葉で話してる

歩く俺の影
歩いても歩いても同じビルディング

ビルの間に紅い花咲き乱れる花壇
心に噴き出す汗をぬぐう
雀が十数羽、俺の周りで飛び跳ねる
鳩が十数羽、俺の周りで餌をねだる

見上げれば青空に白い綿毛のような雲一片
歩いても歩いてもひび割れた舗装道路
歩いても歩いても歩いても同じ心象

（ロシア・ユジノサハリンスク）

第三編　南北アメリカ

地球の裏という表

日本の小さな十円玉を弾いて家の机の上で回すと
コスタリカの何倍も大きな五百コロン銅貨となって
ホテルの机の上をクルクルと回っている
あちこちから聞こえるラテン音楽に乗って
五百コロン銅貨が回り続ける
鳩が無数に舞う公園が現れ
路上でつま弾くギタリスト

日本と同じ顔をした鳩たちを
異国の子供たちが

あちこちで追いかけ
鳩を抱きかかえ
スペイン語で笑っている
昔も今も未来も歓声を上げながら
子供たちは鳩を追いかけ続ける
身体全体で笑いながら

「大人」たちが
紛争が起こらぬように
ほんの少し注意しさえすれば
子供の笑い声、永遠に満ち
陽光が公園を照らし続けるだろう

（コスタリカ・サンホセ）

言の葉

ああ言の葉がわからない
異国の言の葉が頭の上を滑っていく
言の葉が遠くの空を走っていく
日本語がまだ分からない幼い頃
大人たちの会話が頭の上を走っていく
こんな感じだったか………

言の葉が舞い下りながら
降り積もっていく
笑いながら何を言っているのか

嬉しそうにつぶやく言の葉
泣きながら何かを訴える言の葉
怒りながら何を喚いているのか
言の葉が踊る

何もわからないはずなのに
小さな喜びも
小さな悲しみも
小さな怒りも
耳をすますと
すべての心の旋律が流れていく
ああ世界のすべての言の葉が聞き取れる

（コスタリカ・サンホセ）

コスタリカ

コスタリカとは「美しい海岸」という意味と
語学が得意な叔母が教えてくれた
軍隊のない国
太平洋とは「偉大なる平和の海」
原色の何条もの光が海を射すように降り注ぎ
白い砂浜に
荒波が思念の如く繰り返し押し寄せては退いていく
裸体の少女たちが波と戯れている
幾つもの笑い声が波音に調和する
このずっとずっと遙か向こうには日本がある

海辺の散策
遠くに白い大きな鳥が滑空している
カモメ？
いや違う
重量感があり駆逐機のようだ
サクサクサクと白い砂浜
目の前に数羽のペリカンが海に突入していく
初めて見る自然のペリカン

白い白い白い砂浜
歩き疲れた時
ふと見上げると

ラテン音楽の合奏が流れる喫茶店
「ブラックコーヒー」と頼むと
黒人ウエイターの「ネグロ・コーヒー」の朗らかな声
「ネグロ」は差別用語ではないのだ
何という苦く酸っぱい郷愁
ああ、俺は生きている

（コスタリカの海岸）

海の見える停車場の老人

朝がすぎ昼がすぎ夜になっても
ずっと海を見つめる車椅子の白髪の老人がいる
朝がすぎ昼がすぎ夜になっても
停車場で老人が車椅子に座り続けている
夜は毛布にくるまり
路上に寝ころび
朝を迎える

多くの人々がバスを待ち
雑踏は老人に気を止めることなく

ハワイのレジャーを楽しんでいる
どこからともなく
フラダンスのリズミカルな太鼓の音
褐色の肌の娘たちが激しく腰を振る
俺は白い砂浜に寝ころび
椰子の木からもれる揺れる陽光が眩しい

俺が散歩から戻ってきても
停車場には老人がいる
長くのびすぎた白い髭が
一本一本一本苦悩を誘い
顔に刻まれた深いしわが

薄くなった緑眼が人々の向こうに
透明な海が輝く
海のもっと向こうに
見つめるのは何なのか

（ハワイ・ホノルル）

雀のような小鳩

ほ・ほ・ほ・はぉー
ほ・ほ・ほ・はぉー
哀愁を誘う鳴き声
椰子の木の下でキラキラする太陽と
熱い砂と
潮風と
海鳴りの中で
小さな小さな夢を見る

俺の右手にも
左手にも
素足にも
心にも
沢山の小鳩が集まり停まり
羽ばたかせながら
ほ・ほ・ほ・はおー
ほ・ほ・ほ・はおー

（ハワイ・ホノルル）

孤独な女

ハワイの日本人観光団体の
笑いの渦の片隅
ハワイアンのミュージックが流れる街
喧噪に埋没した空間
ワイキキから遠く離れたところに
ダイヤモンドヘッドが小さく見えるところに
並木道の涼しげな木陰が続く運河

パンの欠片

河豚のような黒い太った二、三十センチの魚
五匹も十匹も二十匹も百匹も
黒い固まりになってパンの欠片をねだる
ふと気が付くと隣で見ていた三十歳前後の
日本人女
パン一切れあげると、その欠片を与え始めた
運河の中を黒い河のように泳ぐ魚たち
ふと目が合うと寂しそうな笑いを寄こした

（ハワイ・ホノルル）

バンクーバー

夜のバンクーバーの重なる光注ぐホテルの一室
日本で疲れた身体と魂
ベットに静かに横たえる
ひたすら眠りたい

街が目覚める一瞬
気怠く起きあがり
窓越しに見る
まだ薄暗いバンクーバー

ビルとビルの間を
カモメが数羽
滑空している
三十四階のホテルの窓のずっと下の下の下

海を見に行こう
波の粒子に一つ一つ光を宿しながら
輝く海
「NO SMOKING!」の張り紙を見ながら
ベンチに坐りタバコに火をつけて
空に向かって紫煙を吐き出すと
隣のベンチの老人が紫煙を吐き出し

青年がライターをかりに来た
五、六人の男女が
海に向かって
一斉に紫煙を吐き出す
早朝の一服、なんという自由だ

（カナダ・バンクーバー）

ナイヤガラ瀑布

観光客の波が押しては返す
目をつぶるとインディアンの世界
きっとインディアンが疾駆し
下り来る刃の如き水しぶき
見上げればナイヤガラ瀑布
滝音が遠のき
濡れた躯を投げ出すと
頭が灰色の小鳥が無数によってくる
カナダの雀だ

膝の上にも雀
子供が笑いながら俺を見つめる

（カナダ）

海の雷鳴

純白な入道雲が
筋肉質の腕を伸ばし
胸を一挙に盛り上げ
むくむくと首をもたげ
手を広げた
入道雲の背後の蒼空に太陽が輝き
その下を無数の鷲が浮遊し滑降する
潮風に吹かれながら
透明な海が急速に右から左へと流れていく

岸壁をなでる波音
俺の眼前には大西洋

西方から真っ黒な雲が突如として現れ
蒼空を急速に浸潤し
黒雲に覆われた大気が
暗黒の世界へと引きずり込む
海は黒くうねり始めた
海面に向かって
次々と発射される稲妻
続く地響き
怒号の雨が大西洋を叩き

岩場を叩き
雨と強風が突っ立つ俺の服を巻き上げ
髪からしたたり落ちる無数の雨
鋭い視線で未来を射よ
俺のしびれる頭脳は
雷鳴に抗して雷鳴となる

ホテルの部屋に戻り
葉巻をふかし
コーヒーを飲みながら
眺めると
豪雨が嘘のようにあがり

海は
風にそよぐ絹の布のように
緑色
黄金色
濃紺
表情を変えつつ夕闇に落ちていく
あちらにもこちらにも夕涼みをする黒い人影
小さな塊となって残照と雲と海を見つめている

（キューバ・ハバナ）

カリブ海

紅い大きな太陽を海が次第に飲み込む時
どこまでも広がる黄昏の海
濃紺の海が黄金色に染まる
ふくれ上がる黒煙の雲
雲の割れ目から一直線の何本もの光の柱
海に突っ立つ
俺は海に向かって岸壁に直角に立つ
風が頬を叩き髪を揺らす
新たな自己を創造せよ！

（キューバ）

ああ！　ゲバラ

古い街には錆び付き汚れた高級車が朗らかに走る
放置された錆び付いた昔の機関車の群体
ハバナの街の喧噪を離れると山岳地帯
見上げると
上空高く黒いコンドル三羽
悠々と舞っている
十四、五メートルの黒松の巨木
十メートルの世界一高い竹
その下に花で飾られた低木

ジャスミンのような香りを発す小振りな白い花々
薫り高いキューバの国花
山岳道を
我々のトラックが急勾配を身震いしながら走る
遠くには蒼天
遥かな白い雲

鬱蒼としたジャングルを
ノンビリとカメレオンが枝を歩く
スペインからの独立を！
アメリカ帝国主義の支配打倒！
キューバ革命

ゲバラ、カストロの心優しきゲリラ部隊
底抜けに朗らかな人々の革命
どこからか流れ来るラテンミュージック
目に浮かぶは医学生チェ・ゲバラ
愚痴をこぼしながら戦い続けた
何という弱さだ
何という強さだ
男が惚れ込むチェ・ゲバラ
ベレー帽に黒髭
知性的な面構え
凝視する独立・自由・解放

戦闘態勢をとるゲバラの大きな像
その下の霊園に蝋燭の火が揺れ
薄暗い部屋に
僅か数十センチの遺骨棚
ゲバラを囲むように
同志たちの遺骨が肩を寄せる
耳をすませ
ゲバラがかすかに吐息が聞こえる
ゲバラの同志の吐息が感じる
それに俺の吐息が重なる

（キューバ）

第四編　アフリカ

朝なき夜を夜へ

南十字星が奇妙なまでに輝き
涙が訳もなく流れ出す
星々の中を飛行機が滑空する
星々にまとわれた永遠の夜
行けども行けども無限の夜
夜の後に朝が来るとは限らない

星々の輝きの中に
突然ケーブルマウンテンが出現した

地上にも岩と土の山なりに
盛り上がる色とりどりの星々
宇宙と地球の割れ目に
飛行機は滑り込んでいった

（南アフリカ・ケープタウン）

南アフリカの早春

大理石の机
重厚な牛革の椅子
年代を経たシャンデリア
窓外は
寒気を含んだ陽光の輝き
二、三メートルの低木に
小さな「アフリカ桜」が咲き乱れ
十数羽の小鳥が花弁をついばみ
枝と枝を飛び跳ねながら

バヨリン、アコーデオン、笛の合奏※

（南アフリカ・プレトリア）

※南アフリカは周知の如くオランダ、次いでイギリスの旧植民地であり、ケープタウン、喜望峰、また鉱物資源としてダイヤモンドが有名である。日本で考えるとそれほど大きな国家とは思えないが、実は日本の三倍もの面積がある。ただし、人口は日本人口の半分程度である。現地語のズール語を始め、英語、オランダ語等々、十一の言語で構成される多言語社会である。黒人はアパルトヘイト（人種隔離）政策に抵抗して激しい闘争を繰り広げた。その撤廃に成功し、大きく改善されたとはいえ、まだ各種の差別が残り、最近では貧窮な黒人優遇政策が進む一方、その優遇政策を受けられない貧窮な白人問題が急浮上しているようだ。

DANGEROUS AREA !

痩せ細った襤褸をまとった黒人
ビニール袋を下げ
悲しそうな目で物乞いをする
煙草を一本渡すと嬉しそうに笑う
DANGEROUS AREA !

失業者の群れ
たき火に五、六人の痩せ細った黒人
闇夜に赤く浮かび上がらせる

マンデラ像
朗らかな黒人たちが笑いの中で踊り出す
DANGEROUS AREA！

（南アフリカ・ヨハネスブルグ）

ダンケ　ニヤボンガ

まだ肌寒い春の陽光
車道沿いには玉蜀黍や砂糖黍畑
眺望すると
菜の花が丘陵全体を黄色に染め上げている
ぽつりぽつりと白、赤、青のお伽噺の家々
背の高い木々
足下には紫の縁を持つ白い花々
数匹の原色の蝶が舞う
猿やリスも顔を出す

（南アフリカ・ダーバン➡イーストロンドン）

おお！　魂のアフリカ

灰色の空に
何層もの太陽光線
銀色の光に浮かび上がる
鯨が潮を噴き尾を天空に挙げて我を呼ぶ
一点の雲なきコバルト色の空に
夜の帳がおりる時
対岸の夜景が輝き始め
繰り返す声高く破裂する黒い波音
空間に亀裂を入れ
俺は明日への無限の投網を繰り返す

アフリカンバーでウイスキーをあおり
煙草に火を点けると
くねる紫煙の中から
ライオンが出てきた
ゾウがステップを踏む
キリンが走り出す
俺は鰐のステーキにかぶりつき歯が抜けた
人々も踊り出す
数人の屈強な男たちの筋肉
木琴と太鼓の連打
汗が飛び散る

一九九〇年ネルソン・マンデラが出獄
二十七年間の孤島での獄中生活
黒人の誇りと存在をかけたレジスタンス
抵抗せよ！
アパルトヘイトに対する断固たる拒絶！
南アフリカで産まれ育った者は皆、アフリカーナ！

目の大きな輝く瞳の娘が
高らかにアフリカーナを歌い続け
三人の黒人娘たちは舞台で踊り続け
躍動する歌に調和する激しいダンス
黒人も白人も黄色人種も

生命のダンスの渦に巻き込まれ
煙草とアルコールまみれの空気が振動する
Black is Beautiful！
おお！　ブラック　イズ　ビューティフル！

（南アフリカ・ケープタウン）

第五編　エピローグ――愛しき地球――

地球が割れる―忘却の日本国民に捧げる唄―

ある朝、テレビを点けると
準国営放送になりさがったテレビ局のアナウンサー
口をパクパクさせながら
「今度の戦争は正しい戦争」と喚いている
「国民の支持を！」
娯楽番組をとりやめて
ラジオの緊急ニュース「戦争だ」、「戦争だ」
御用学者も「戦争だ」と嬉しそう
パソコンを開くと「戦争支持」の大合唱

食堂でも喫茶店でも
飲み屋でも職場でも「戦争支持」の熱狂
「今回の戦争も間違っているのではないか」
と言おうものなら
囂々たる批判、非難の嵐
家に帰ると、公安警察までやって来た
戦争鳥が鳴いている
おお、素晴らしいかな我が日本国民
未来は明るい、戦争時代が来るぞ

ついこの間
日本独りよがりの

正義の戦争、「聖戦」、アジアの解放といい
アジアを侵略した歴史
「鬼畜米英」を喚き立て
アジアを繁栄させる「大東亜共栄圏」の虚構
「八紘一宇」の美名の下での侵略主義
言論の自由を窒息させ
民主主義を否定し
反対者を弾圧した
日本国民は忘れたのか
「戦争は嫌だ」といいながら
「国と国民を守る」のトリックに巻き込まれた歴史
日本軍は日本を守らず崩壊させたと言う事実

「国」のための「国民」というパラドックス
単純に考えるな
国に番犬は必要と言うが
狂犬になり日本国民を噛みついた歴史事実を
戦争鳥が鳴いている
おお、素晴らしいかな我が日本国民
未来は明るい、戦争時代が来るぞ

「巧言令色鮮矣仁」(論語)とは至言だ
「国と国民を守る」
軍靴の音が再び次第に高まり始めた
「積極的平和主義」という「積極的侵略主義」

戦争、戦争、さらなる戦争を誘発す
大音響と共に
人々が死んでいく
日本の子供たち
沢山沢山友だちと遊んだか
東アジアの子供たち
沢山沢山、母さんや父さんと話をしたか
いまから楽しい思い出を創るはずの
朗らかな笑いを創るはずの
世界の子供たちが粉々になって死んでいく
ああ日本が割れる
東アジアが割れる

アジアが割れる
地球が割れる
戦争鳥が鳴いている
おお、素晴らしいかな我が日本国民
未来は明るい、戦争時代が来るぞ

「ペンは武器より強し」という悲しき虚構
ペンは武器に簡単に潰される
武器に迎合するペン、そしてペン
だが、俺は歴史家だ
歴史学は道楽ではない
生命の軋みから生まれる絶叫だ

歴史学は「未来学」だ
冷徹に過去、現在から未来を予測する
過去、現在、未来を壮絶な旅をする
俺はペンと研究と教育と頭脳で戦争に立ち向かう
あくまでも「反軍」を叫ぶ
戦争鳥の大合唱
負けてたまるか！
最後の独りになっても震えるペンで「反戦」を叫ぶ
「殺すな！」、と

地球を墓標に

地球という石ころの上
増殖していく微生物・人類
一つ一つ一つ一つの蠢く個体が
一つ一つ一つ一つの個性を持ち
一つ一つ一つ一つの人生を奏でる

生まれては一瞬で消え入る生命
長くとも百年足らずの一瞬の生命
燃え立たせ消滅す

生き残った個体は
消えていく個体を祀り
墓に埋葬し
自らの死を予測す
墓という代物もいつしか忘れられ
詣でる人もいなくなり
苔むし
雑草に覆われ
倒れ風化し
粒子となって拡散し
消え入る

墓があろうと、なかろうと
どうせ地球の表皮の上
満天の星空のもと
暴風雨のもと
炎天下のもと
草いきれのなか
紅葉が降り注ぐもと
雪をかぶりながら
地球は公転と自転を繰り返し
白骨は地球に同化する

躯の中の環球

机上の地球儀から地球がはずれて床に転がった
ふと気づくと
部屋の空間に地球が浮揚し回転し始めた

小さな小さな俺が
世界の海辺を散策し
海に繋がる日本を想い
白や赤や黒い砂浜に
小さな足跡がついていく

おお、俺は地球を歩いている
ああ、俺は地球で迷っている
降り注ぐ凍えた星々
寒風に襟を立てひたすら歩く
なぜ歩くのか
なぜ歩みを止めないのか
なぜ歩き続けるのか
地球に小さな小さな足跡が蟻のように続く
水色の空の線状の絹糸の雲一握り
宇宙を仰ぐと
銀河が回り地球が回る

小さな小さな俺の躯の中に
地球が入り込み自転し始めた
何時の頃からだろう
地球のあちこちに俺の足跡
地球の周りを回っていた足跡
ふと気づくと

地球が
俺の躯に少しずつ少しずつ侵入し始めた
地球の表皮に蠢く微生物の俺に
地球がスッポリと没入し始めた
心臓の鼓動に和し
地球が躯の中で自転し始めた

俺は地球を歩く
地球が躯の中で回っている
俺は地球を歩く
地球がクルクルクルクルと回っている
俺が叫ぶ
回っている躯の中の地球が叫ぶ

後記

第一詩集『雪中行』（一九八九年）、第二詩集『天涯回夢』（二〇〇〇年）に続く第三詩集として『躯の中の環球』を十五年ぶりに上梓する。本詩集の題名「環球」は中国語であり、日本語でいえば「地球」である。題名では、「回る」、「自転する」というイメージを含む「環球」をあえて使用した。私は相変わらずサファイアの如く輝く美しい地球という星の上で人生を歩き続けている。回転する地球の表皮を歩きながら世界の深層、否、人々を発見する。歩いていると、マクロとミクロが合体し、そして、逆転していく不可思議な感覚にとらわれることがある。

地球のアジアという地域の東に位置する日本という国、その国の東北地方、宮城県角田で私は産声を上げた。代々「天神社」（天満宮）神主の家系で、祖父は厳格で寡黙な人であった。祖母は朗らかでお喋りな人で、いつも近所のおばさんたちが集まってきていた。神社には社務所があり、祭りの時などは沢山の人々が集まり、宴会や酒盛りをしていた。社務所と父の実家である旧家の間には三、四メーターほどの小川というか、水路があり、それを跨いだ形で屋根のある橋・廊下がかかっていた。それによって江戸時代に建てたという実家と繋がっていた。歴史を刻んだ天井、鶯張りの床、年輪を刻んだ黒光りする仙台箪笥、台所には竈が二つあり、直径一メートルもあるかと思える黒くすすけた釜が二つあった。多くの布団が積み上げられた物置のような部屋もあった（現在は建て替えなどで、これらがすべて消滅したのが残念である）。外には五右衛門風呂があり、下に板が敷かれているが、何故回りが鉄なのに熱くないのか、子供心に不思議だった。便所も外にあった。このように、江戸、明治、大正、昭和の香りが渾然一体となった旧家で幼年期を過ごした（その後も冠婚葬祭を含め、何度もここを訪れた）。これが私の原点である。神主で宮司の叔父が亡くなり、従弟が神社を継ぎ、一安心と言うところである。

ところで、世界各地で「宗教は？」とよく問われる。イギリス人、フランス人、ロシア人、アメリカ人、オーストラリア人、中国人、韓国人等々………。私が「神道」と答えると目を丸くし沈黙する。神社にはいろいろあるのだ。それが知られていない（周知の如く天満宮は菅原道真を祀る学問の神様である）。このことは本当に残念でたまらない。正月、七五三、夏祭り、出産、受験、結婚………。庶民のささやかな喜び、幸福、悲しみ、怒りを包容する祈り。生老病死の際の祈り………。こうした神社信仰の根幹を断絶する国家神道・靖国神社のみが独り歩きし、「侵略国の居直り」として国際社会で周知される。何故に日本政府は世界で神道を貶めるのか。悲しみがこみあげる時がある。

私の足跡は四歳頃、父の仕事の関係から福島へと移った。そこで出会ったのが、桜満開の信夫山である。そして、福島市花園町にはアメリカ軍の廃材で建てられたという六畳、四畳半の小さな愛らしい官舎が数軒並んでいた。その内の一軒が我が家である。大きな家から小さな家に引っ越したのでこれまた興味津々であった。一つの小部屋は父が書斎兼応接室として使用し、蜜柑箱を天井まで重ねた本棚に歴史書が山のように詰まっていた。もう一つの小部屋が居間である。小さな庭もあり、母や私ら子供たちが季節の花を植えた。このように、福島が私の第二の故郷であり、人生の意識的な出発点である。

こうした経緯で、今回、アジア編で採り上げたのは、日本では私に最も強烈な印象を残した宮城、福島両県のみである。私は北から南まで日本全国をくまなく、繰り返し訪れているが、この両県は私にとって特別な意味をもつ。この「心の故郷」・原点とも言うべき両県が地震、津波、原発に傷つき、苦しんでいる。私は詩と言う形ではあるが、どうしても声を上げないわけにはいかなかった。

国外では、私にとって最初の外国であり、その後繰り返し訪れた台湾に焦点を当て、スラムの子供たちの笑顔が忘れられないフィリピンを加えた。その他、アジアでは中国、韓国はもちろん、シンガポール、マレーシア、タイ、ラオス、ベトナム、インドなどを歩いている。欧州ではフランス、イギリス、ハンガリー、ポーランドだけでなく、ドイツ、スイス、オーストリアなどにも行っている。このように、当然といえば、当然だが本詩集ではすべて行った国や地域をとりあげているわけではない。採録しなかった国や地域が魅力がなかったわけでもない。例えば、インドでは、東インド会社時期の一六〇三年に建てられた古びたホテルに宿泊したこと、ラオスの緑豊かで、透明な水を湛える池などの風景は忘れられず、また、ヨーロッパ横断鉄道、アメリカ横断鉄道も今思い出すと詩的な旅情に誘われるが、本詩集に入れるに至らなかった。

なぜなら私は第二次世界大戦期の世界華僑史研究などを研究テーマとして仕事で各国を訪れている。そこで、各史料館で史料調査収集、あるいは現地調査で忙殺される。その上、種々考察を開始すると、頭の中は歴史テーマのことで一杯になり、思索、実証、分析に集中する。四六時中、歴史テーマについて考えるのである。つまり実証、論理だった思考形態と詩作における感覚的判断や情感は相反する場合が少なくなく、どうしても詩が書けないこともある。

とはいえ、私の仕事は歴史学で、趣味や道楽が詩作というつもりは毛頭ない。なぜなら詩のレベルはどうあれ、どちらも真剣だからである。歴史学の著書や研究論文では表しきれない、もしくはそれに包括できない溢れ出る思いを詩に投入しようとしているからである。歴史学も詩も私そのものなのである。将来、形態上、相反するこの双方が相乗作用をおこし、「新たな自分」を創造するのではないかと心密かに楽しみにしている。

本詩集を出版するにあたり、「あるむ」（ARM）の社長鈴木忠弘氏、企画担当の中村衛氏には大変お世話になった。心より謝意を表したい。

二〇一五年七月七日

七夕の日に
愛知学院大学の研究室にて

菊池一隆

【著者紹介】

菊 池 一 隆（KIKUCHI Kazutaka）

1949年12月18日宮城県出身、福島育ち

学歴：筑波大学大学院博士課程単位取得満期退学

現在、愛知学院大学文学部教授。博士（文学）、博士（経済学）

【詩集】

・『雪中行』プラニングエイジ、1989年。
・『天涯回夢―中国・台湾思索行―』川北印刷株式会社、2000年。
・台湾版『雪中行』瀚崴印刷設計股份有限公司、2015年（『雪中行』、および『天涯回夢』の台湾部分を所収）。

【著書】

・『中国工業合作運動史の研究―抗戦社会経済基盤と国際反ファッショ抗日ネットワークの形成―』汲古書院、2002年。
・『日本人反戦兵士と日中戦争』御茶の水書房、2003年。
（中文版：朱家駿主編、林琦・陳傑中訳『日本人反戦士兵与日中戦争』光大出版社〈香港〉、2006年）。
・『中国初期協同組合史論1911-1928』日本経済評論社、2008年。
・『中国抗日軍事史1937-1945』有志舎、2009年。
（中文版：袁広泉訳『中国抗日軍事史』社会科学文献出版社〈北京〉、2011年）。
・『戦争と華僑―日本・国民政府公館・傀儡政権・華僑間の政治力学―』汲古書院、2011年。
・『東アジア歴史教科書問題の構図―日本・中国・台湾・韓国、および在日朝鮮人学校―』法律文化社、2013年など。

詩集　躯の中の環球

2015年8月15日　発行

著　者　菊池一隆

発行所　株式会社あるむ
〒460-0012
名古屋市中区千代田3-1-12　第三記念橋ビル
Tel. 052-332-0861　Fax. 052-332-0862
http://www.arm-p.co.jp　E-mail: arm@a.email.ne.jp

印刷　あるむ　ISBN978-4-86333-101-3　C0095